노랑나비

노랑나비

김용태 시집

문학秀

시인의 말

의미 없이 시간을 보내는 날이 많아지고
하루가 지루해지게 될 때가 되면
해는 서산에 걸리게 된다
혼자 지낼 수 있는 것에
생각이 깊어 가던 중
우연히 詩를 만나게 되었다
하늘에 있을 당신을 그리는 마음이
하나둘 모여
시집으로 遁甲을 하였다.

2024년 9월
洛山 김용태

| 목차 |

제1부 노거수老居樹

제2부 노랑나비

| 목차 |

제3부 풍란

제4부 가을 편지

제5부 두고 간 사랑

제1부

노거수 老居樹

동산으로 해가 뜨면
서산으로 해가 진다
일출 일몰이
변하지 않듯이
태어나서 늙는 것을
배우고 익히느냐
삶이 무엇인지
아는 채

겨울 강

어젯밤에는
누가 다녀갔나 보다
맑고 깨끗하게 흐르던 강물이
하얗게 얼어 있다
어제 놀던 청둥오리
보이지 않고
얼어붙은 강물 위에
두루미 한 마리
날갯짓도 하지 않은 채
찬바람에 홀로 있다
하얀 얼음 밑에서
조용하고 천천히 흐르는
눈물 같은 강물 속에
겨울은 깊어만 간다.

연인

조용히 창가에서 당신을 바라봅니다
가냘픈 얼굴에 예쁜 눈
보고 또 보고 다시 보고 싶습니다
내 마음을 글로 표현할 수 있다면 얼마나 좋을까요
구스타프 클림트의 〈연인〉을 기억하세요
키 작은 풀꽃이 만발한 언덕
두 연인이 서로에게 의지한 채
키스하는 그림말이에요
그 그림에 내 마음을 담아봅니다
나도 후회하지 않을 사랑을 할 수 있을까요
우리 둘만의 사랑을
누가 훔쳐볼까 걱정입니다
너무나도 분명한 우리 사랑이
다른 사람 눈에는 얼룩처럼 보일지도 모르니까요.

여행

지중해 크루즈에서
나는 화가가 되었다
베니스, 산토리니, 그리고 크로아티아의
아름다운 성벽을 그렸다
파도를 부수어 하얀 꽃을 피우고
흰 구름으로 하늘을 그렸다
초록색 바다에 붉게 핀 살라테 성당
나는 엽서 속 사진을 그린다
지중해의 푸른 물결
바위섬이
푸른 바다에 피어 있다
여행에서
사랑을 배웠다
탄식의 다리에서 사형수가
인생의 허무함을 깨닫듯이.

당신

아픔과 슬픔과 웃음을
하늘이 끝나는 곳까지
당신은 그렸다
보이는 곳에서
보이지 않는
삶을 그렸다
강물이 되기까지
꿈의 저편에서
유유히 흐르는 물을
당신은 그렸다
우리의 삶을
그리고 인생을
기다란 나무 그림자까지.

노인

세월이 간다
헐떡거리며
어둠 속 빈 의자에
중절모자 벗어 놓고
술잔에 달 띄워
그 속에 머무른다

돌아봐도
갈 곳이 없어
세월은 간다
주인을 기다리다
오지 않아
구름 따라 흘러간다.

감옥

하늘은 하늘이
땅은 땅이
그가 만든 감옥에
내가 있어도
혼자인 것이 외롭지 않다
혼자이기 때문에
하늘이 닫혀 있어도
벽이 가두어도
외롭지 않다
네가 있기 때문에
닫히지 않고
가두지 않는 곳이
어디인가
모두가 갇혀 있는 걸.

옥탑방

작은 공간의 삶
바람이 분다
한낮에 태양은 지붕을 달구고
어둠에 하얀 초승달
창에 닿을 때
별이 쏟아진다

어릴 적 나를 업고
사발에 달을 뜨는 어머니
나의 창에 비친다
머리에 계단을 이고
하늘 위로 오르는 삶
파란 하늘에
별이 쏟아진다.

사물놀이

쿵쾅
덩더쿵 쿵쾅, 덩더쿵
신명이 절로 난다
꽹과리는 날뛰고 북은 빙그레
징소리에 장구 장단
상모가 돌아간다
만남과 이별도 제쳐두고
고통과 슬픔도 벗어
바람에 날린다
모이고 흩어지는
조화로운 하모니
세상을 잊게 한다
누구도 대신할 수 없는
놀이마당
보이지 않는 허공에
낙원의 주인 되어
시름을 날린다
사물 장단에 세상을 버린다.

두더지

혼자가 좋아서
땅속에 산다
아무도 없는 곳에서
사유 한다
혼자인 것을

힘들고 외로워도
흔들리지 않는다
너에게 받은 사랑도
명예와 상처도
내가 사는 땅속으로
잔뿌리를 뻗어
내 속에 산다.

병상일기

죽음 같은 시간
작두 위에서 춤을 춘다
그 칼날에 베여 흘리는 눈물
창밖에는 빗방울이 떨어진다
무너져버릴 것 같은 순간
어둠이 밀려온다
모래알에 불과한
나의 작은 그릇
한 순간만이라도
반짝일 수 있다면
바람에 날려가도 괜찮다
내가 엮어가는
사랑과 이별 이야기
풀 수 없는 방정식처럼
병상에 쌓여만 간다
탈출할 수 없는 불빛
나무 그늘 사이로
어둠이 깔린다.

편지

이틀 낮과 하루밤 동안 내리는
비가 그쳤습니다
온종일 구름 속에 있었기에
둘 다 길을 잃어버렸습니다
끝도 없는 하얀 종이
편지의 행간을
왔다 갔다 할 뿐입니다
당신의 숨결을 느끼면서
햇빛 화창한 날 산보를 합니다
나의 눈에는 보이지 않는 것이 많습니다
하루살이가 빛 주위를 맴돌기만 합니다
오로지 그리움만이 진실입니다
당신이 있는 곳이 내가 있는 곳입니다.

삶

동산으로 해가 뜨면
서산으로 해가 진다
일출 일몰이
변하지 않듯이
태어나서 늙는 것을
배우고 익히느냐
삶이 무엇인지
아는 채

죽어가는 줄도
모르는 삶
가까이 있음에도
멀리 보이는 것처럼
삶은 그저 시냇물처럼
흘러갈 뿐.

미숭산

미숭산 자락이 담홍색으로 물들어 갑니다
때가 되면
나도 꽃 진 자리 하나 내어놓아야겠지요
노랗게 모과가 익어가듯이
우리도 익어갑니다
미숭산에서
그때 우리의 사랑을
태우려면 태웠겠지요
오늘도 해가 넘어갑니다
오두막집에
모닥불 타오르는 소리가
아이 웃음같이 들립니다
달빛 내리는 길
인연도 여기까지
밤은 깊어
솔 향기 이불 속을 찾아들 때
찬바람이 가랑잎을 쓸고 갑니다.

노거수 老居樹

너를 닮은 나
눈물이 난다
울지 않으려고 했는데
어느 한 곳 성한 곳이 없다
주저앉아
힘겨운 시간들을 내려놓을 때
노을은 땅거미를 타고
곁에 와서 눕는다
세찬 바람에도
눈비를 맞아 왔다
내 생애의 습기와
존재 이유
노거수의 휘어진 가지와
옹이진 둥치처럼
나는 조각되었다
삶의 세월을
조형물로 조각한 주름진 얼굴
따뜻한 차 한 잔 생각이 난다.

상여

한 생을 메고 간다
만장을 앞세우고
소복 입은 여인
눈물마저 잃었다
가는 길
산허리에
진달래
꽃 점 달아
선홍 피를 토해낸다
생채기를 내어 가며
눈물 흘리고
꽃망울 붉게 물들인다
삼우三虞 날
당신은
꽃 진 자리에
동박새 울고 있다.

은하 銀河

내 속에
꽃비가 쏟아진다
소나기처럼
별들이 쏟아진다
싸라기처럼
눈에 귀에
하얗게 쏟아진다
크고 작은 것이
곱게
내 속으로
쏟아진다
강물이 흐르듯이.

땅거미

무거웠던 어깨가 가볍다
등이 가볍다
그리 높지 않은 산
멀고도 힘들었다
햇살은 뜰에 가득하고
장미는 향기를 풍기더니
추녀 끝으로 그늘이 내린다
서산으로 넘는 해
하루가 바쁜가 보다
누가 뒤에서 미는 듯이
잠시 돌아볼 틈도 없이
땅거미는 뜰 안을 채운다
사랑했다고 말하기도 전에
하나하나 지워지며
어둠으로 채워진다
하루도 떠난다
인사도 없이
빛과 그늘이라 할 것도 없이
썰물처럼 떠난다
새벽보다 무서운 해 질 녘
삶의 숫자마저 지워버린다.

석양

당신의 머리 위로
해가 넘어간다고
갈대가 노래한다
석양에
단풍은 더욱 붉어지며
강물에 출렁인다
세월 가는 소리에
노인은 헐떡이며 길을 간다
땅거미 내리고
시인의 서정적 신음처럼
나는 당신을 바라본다
노란 은행잎에
등불이 따뜻하게 비친다.

제2부

노랑나비

흐름은
시작도 마지막도
가보지 않은 미로이다

핑크빛 당신

오늘은 하늘이 아름답게 보인다
구름 속에 당신이
우리와 함께 가고 있다
헤어지는 것이 싫은가 보다
언제나 우리 곁에 있던 당신
손자들도 당신이 그리운가 보다
핑크빛 구름 속에
할머니가 보인다고 한다
당신은
산에서 들에서
어디에서도
우리 곁에 있나 보다
어제는 대문 앞에서 노란 나비로 보이더니
오늘 아침에는 핑크빛 구름으로
우리를 반겨준다
땀으로
뿌려 놓은 씨앗
주인이 그리운데
당신은 환하게 웃는 모습으로
꽃구름에 안겨 있다.

노랑나비

낙엽 뒹구는 햇살 위로
노랑나비 찾아드니
떨어지는 낙엽도
꽃이로구나
세월 가면 시들어
방향 없이 떠나간다
당신이 잡아줄 때
그때가 행복이다
잠시 왔다 가는 나그네
입술 헐어가며 지어 놓고
일 년이면 버리는 집
까치는 내 것이라 했겠지
새벽에 내린 무서리
가을을 적시니
들국화에 노랑나비
떨어지는 낙엽을
바라보며
하얀 겨울을 준비한다.

눈물 (1)

하염없이 흐르는 눈물
다시는
울지 않으리

이별은
한 번이지
두 번은 아니리

만남과 이별은
혼자 하는 것이 아니니
울지 않으리

다시는
눈물을 보이지 않으리
나보다
네가 더 아파하리니.

님 생각

생존의 본능이
하루 세끼를 꾸역꾸역 삼킨다
아른거리는 그리움이
눈에 내리는데
가로등은
어둠에 길을 타고
강물에 빠진 달은
이백과 놀고 있다
당신을 보내야 할 시간
어둠은 아직 남았는데
불빛은 꼬리를 내린다
내일도
붉게 오려나.

첫사랑

뜨겁게 달구던 여름도 지쳤다
뱀처럼 구불거리며 살아온 세월
해는 서산으로 기울어
강물 속으로 빠져든다
단발머리 소녀였던 그녀
보트에서 첫 키스가
강물에 떨어졌다
그녀의 젖은 눈
눈꺼풀 밑에
사랑한다는 듯이
무언가 묻는 듯한 시선으로
살며시 들어 올리던 입술
그것이 첫사랑이었나 보다.

까만 사랑

사랑은 무슨 색일까
빨간색 노란색이 떠오르네
아름답고 황홀하게 빛나는 것이니까
검은색이 더 가깝겠지
모든 색이 다 섞여들어 간 뒤에
나오는 깊은 심연의 검정
꾸미지 않아도 되는 사랑
말하지 않아도 되는 사랑
녹아들고 섞여들어
하나로 된 깊은 심연의 검정
느티나무 그늘진
그곳에는 시간이 흐르지 않는다.

나의 빈방

불빛은 하나둘 꺼지고
밤은 깊어만 간다
어둠은
홀로인 나를 안고
은은한 달빛 속으로
나를 이끈다
작고 소중한 별들이
하나둘 모여
나의 빈방으로 들어온다
오늘 밤은
당신과 함께 달빛 속에 있고 싶다
아침 해가 찾아오면
우리의 이야기는 끝이 나겠지만
영혼은
달빛 속에서 기다린다
햇빛이 찾아든
나의 빈방
아직 꿈을 꾸고 있다.

밤

당신을 찾아 헤맬 때
해는 서산에 걸린다
어두워지면 또 다른 세상
밤은 언제나
가슴에 불을 지핀다
깊어가는 밤
별이 꿈속에서 반짝일 때
닭의 울음소리 들린다
낮과 밤
수없이 흘러가도
그 밤의 눈물은 지워지지 않는데.

노을

먼 길 돌아
끝자락으로 달린다
새벽을 깨워
하루를 달려왔다
붉게 물든 노을
땅거미가 찾아 든다
당신은
먼저 그 길을 갔고
흔적은 보이지 않는다
이정표도 없는
아득한 길
어두움이 찾아온다
길게만 여겼던 하루
노을에 젖어
앞서간 길을 가고 있다.

이별

저녁 해는
그녀를 품고 서산을 넘는다
카페 테이블 넘어 연인들의 모습
다정한 표정들
노을을 보는 듯
첫 데이트 때 두고 온
추억이 떠오른다
그녀의 생각에 가슴이 멘다
추억을 지우는 이별
노을은 서산을 물들인다
고개를 돌린 채
돌아오지 않을
그녀와
저녁 해는 서산을 넘는다.

달

불빛 하나둘 꺼져 갈 때
밤은 깊어만 간다
빈방을 환하게 비추는 달
잊을만하면 보이네
나는
푸른 달 속으로 들어간다
너와 나는
이 밤의 주인공
내 안에 네가 있어
행복한 시간
작고 소중한 것들이
하나둘 모여
둘만의 이야기가 된다
너의 마음은
밝고 환하구나.

암자

바람 따라
소리 따라
구름 따라 흘러간다
산허리에 운무는
난시를 만들고
언덕의 비탈길은
발목을 잡는다
바위에 바위 앉고
바위 밑에 깔려도
말이 없는 바위
바위는 바위다
암자로 가는
승려의 걸망에는
목탁 소리
담고 있다.

돌부처

구름이 걸린 곳으로
산길을 올라간다
언덕을 비틀어
구불구불하게 만든 비탈길
하늘이 보인다
바위로 묶은 계곡
여래상 보살상
목탁 소리에
나락奈落은 은해로

돌부처
바위 위에 바위 앉고
그 위에
부처.

매혼埋魂

저승으로 가는 길이 있을까?
하늘은 구름 한 점 없이 맑다
맑고 푸른 하늘
어느 한 모퉁이에
또 다른 세상으로
혼을 보낸다
멀지 않은 곳에서
나를 부르는 당신
당장 뛰어올 것만 같은데
그리움밖에 없다
믿음도 아닌
하늘에 기대는 듯
하늘만 바라본다
사랑도 아닌 사랑같이
보내지도 않은 연기는 하늘에 있다

운명이라면
눈에도 귀에도 없지만
가슴에라도 담아 두어야지
하늘아
누가 내 심정을 읽으랴
눈은 허공에서 놀고 있다.

매혼埋魂은 혼백魂魄 또는 신위神位를 묻는다는 뜻

생명의 소리

눈으로 아침 해를 바라보고
귀로 삶의 소리를 듣는다

삶 속에 죽음이 있고
죽음 속에 생명이 있음을
어둠에 둥근달이
굽어진 곳까지 밝혀준다

계곡은 바위가 굴러
멈추는 곳마다 여울을 만들고
바위를 구르는 물은 노래를 한다

지는 해를 바라보며 걷다 보면
산을 등진 오두막집에
가까이 왔음이 느껴진다

걸음이 멈추어질 때
계곡에 흐르는 물소리가 들린다
생명의 소리도.

나의 이야기

손을 뻗으면
닿을 것만 같은 곳에
별이 반짝인다
숨은그림찾기 속에
하나의 별을 만나
주황색 장작불에 이야기를 태운다
나에게 희망을 준 별 하나
어둠에 찾아와
밤을 태운다
우리의 이야기로
하얗게 태운다
세월도 함께 태운다
내일 밤은
비가 올 테니까.

미로 여행

가보지 않은 곳에 가는 여행
냇물이 강물이 되고
강물이 바다에 가는 물의 여행처럼

흐름은
시작도 마지막도
가보지 않은 미로이다

태어나고
죽는 것도
마찬가지
삶은
미로 여행이다.

분홍색 휴대폰

기다리는 마음
당신의 소리
당신의 음성
잊을 수 없네
유난히 좋아했던 분홍색
하늘에도 있나요

이제 울리지 않는 벨 소리
기다리지만
울리지 않네
울리고 싶지만
울릴 수 없다
하늘에서 보내는 눈물
비가 내린다
내 마음
빗물에 적신다.

제3부
풍란

꽃으로 보면 꽃이고
잎으로 보면 잎이다
꽃 아닌 것이 없듯이
잎도
푸른 꽃이고
시들면
낙엽이다

금호강

갈대가 강바람에
비파를 연주하는 금호강
아양루에
꽃비 내리고
꽃길 따라
물비늘 반짝인다

서거정이
돛단배 띄어 놓고
금호 범주를 노래하던 강
청춘의 소매를 끌던
능금꽃
노래비에 피어 있다
노을에 물드는
기찻길 까페
아양루가 詩를 읊는다.

봄

상처투성인 봄
당신과 헤어지던 날
친구도 함께 잃었다
찬 기운에
훈훈한 바람
생기가 살아난다
아프지만 기다린다
가지마다 앓는 생채기
초록으로 물든다
당신의 싸움은
보이지 않는 생존의 경쟁이다
산고를 치르는
봄의 소리
웅장한 클래식이다.

벚꽃 (1)

당신을 기다린다
꽃잎 되어 떨어진다
하얀 꽃잎
강물로 흘러가고
해는 서산으로 넘어간다
당신과 봄날에 바랐던 꿈
지금도 보이는걸
벚꽃 물드는 강가에서
이렇게 모두 잊게 되는가?
당신이 건네준 꽃잎
그때 그 자리
그녀는 보이지 않고
깊어져 가는 밤만
강물로 흘러간다.

벚꽃 (2)

먼 길 돌아
바람에 실려 온 그녀
고운 빛 곱게 빚어
부푼 가슴 터뜨린다
햇살 가득한 날
그대 이름 부르면
그녀는 꽃이 된다

가지마다 망울망울
겨울을 이겨 오다
봉오리
입 벌리면
눈이 시려진다
은하수 반짝이듯
하얗게
꽃비 되어 날아간다.

찔레꽃

햇살 언덕에
따사로운 햇볕을 구슬려
가시에 꽃을 피운다
오월은 아름답다
눈물이 꽃을 지워줘
네가 나를 바라보면
내 속에 숨죽어 있던
모든 것이
되살아난다
찔레꽃 속에.

덩굴장미

담장에 핀 덩굴장미
햇살을 구슬려
가시에 꽃을 피운다
오월은 잔인하다
선혈을 토하는 여인
봉오리에 향기를 담아
나를 죽인다

영혼을 헌정한 후
이별은
너무 슬퍼
빨간 꽃잎에 실어 보내면
그녀는
향에 취해
살며시 눈꺼풀을 내린다.

설연화

가을의 끝자락에
서서히 밀려오는
검고 깊은 파도처럼
그 사랑은 헛되이 반짝이는
물거품일 거야
눈부시고 찬란했던
순간을 지나
윤기를 잃어버린다

슬픔은 무섭게
우리의 삶 속으로 스며들어
끝내 모든 것을 거두어 들인다
한없이 쪼그라든 존엄을 지키려
마지막 발버둥치는 순간마저
화면 밖으로 사라지게 한다
창밖에는 설 연화가
하얀 구름 속으로 피어오른다.

야생화

그 길은 나를 수많은 곳으로 이끌었고
신발을 바꾸게 했다
아침 닭 울음소리에 잠을 깨워
그 길을 걸었다
방앗간 옆을 흐르는 시냇물 소리
풀 내음 짙은 시골 마을
풀때기가
주인인 듯
꽃을 피운다
잡초라는 이유로
아무런 저항도 없이
끊어지고 잘리면서
뿌리째 뽑힌다
당신의 정원에 앉아 보려고
그 길을 수없이 걸었는데.

수련

황새를 닮은 그녀의 목이
하얀 자작나무 위로 보인다
잔잔한 미소와 함께
나에게 손짓을 한다
어디서부터 시작을 해야 하는지
이별이라는 것을
이제 알게 되었다
내색조차 못 했던 나
한 번이라도 사랑한다고 했더라면
후회는 않았겠지
옷깃을 만지며 손짓을 한다
여러 빛으로
눈에서 하나씩 사라진다
시간의 축 위에 선이 하나 있고
그 너머에 사랑은 다시는 없을 것이다
돌아보는 시선에
하얀 수련처럼 피어난다.

꽃

꽃인 줄 알았는데
잎이고
잎인 줄 알았는데
꽃이네
자세히 보아야 예쁘다고 하는 시구처럼
꽃으로 보면 꽃이고
잎으로 보면 잎이다
꽃 아닌 것이 없듯이
잎도
푸른 꽃이고
시들면
낙엽이다.

나태주의 풀꽃

이슬

풀잎에 이슬
햇빛에 반짝인다
맑고 곱게 맺어 있다
한나절도 못 사는 이슬
무엇 하려고 반짝이나
수정 같은 물방울
누가 반할까 두렵다
양지 뜰에 할머니
이슬에 반한다
이슬을 보던 할머니
나도 이슬처럼 갔으면…,
고통 없는 마침표는
삶의 로망이다.

파도 (1)

해 질 녘에
사랑을 배운다
외로움도 배운다
눈이 뜨이고 귀가 열린다
눈을 감고 귀를 막아줘
네가 있으면 보이고 들린다
바닷가에서
나는 맨발로 모래를 밟는다
사그락사그락
이제까지 살아보지 못한 곳으로
나는 간다
가난한 내 삶은
파도 소리로 풍성해진다.

파도 (2)

멀리서 밀려오는 파도
너를 기다린다
파도와 해무가 햇살에 비치면
그곳에
너의 입술은 하얀 물거품이 된다
기다림도 허무하게
다시 또
부딪치고 부서지는 너
파도처럼 왔다가
흔적을 지우며
하얀 거품으로 돌아간다
허무한
우리의 만남도
뒷모습이
부서지는 파도처럼 멀어진다.

거인 같은 달

바람 소리 이웃집 담에 닿을 때
초승달 감나무 가지에 걸린다
오늘 밤에는 당신이
천사의 숨결같이
달빛으로 들어와
미모사 꽃처럼 수줍어한다
목이 가늘고 긴 당신
하얀 구름이 지나가면
그림자에 숨어 버리고
찬바람이 불어오면
깜박거리며 달아나는 당신
밤에는
짐승도 모두 돌아가고
홀로 이 밤을 새운다
어둠을 더욱 황량하게 하는
개 짖는 소리에
달빛도 나무 그늘로 들어간다.

눈물 (2)

물기가 서려 있는 눈으로
창밖을 본다
뿌옇게 서려 있는 잎
서리를 맞아 우는가 보다
눈이 내리고
얼음이 얼면 꽃은 죽겠지
짙어지는 삶의 질곡에
햇살이 스쳐 간다

아무것도 할 수 없다
헛웃음과 독백에
위스키 한 모금
잔 속에 얼음을 흔들어
뜨거운 목구멍을 녹인다
어제가 오늘
내일도 어제 같은
하루하루
눈에는
물기가 마르지 않는다.

빈지소沼

하늘에 뜬 구름
흐르는 강물처럼
발길이 닿는 대로
마음이 가는 대로
떠도는 방랑
밀양강 빈지소沼*에
둥지를 튼다

구름이 떠돌다 머물고
강물이 흐르다 쉬어 가는
빈지소沼에
꽃이 피네
참나리꽃
하늘을 여네.

---

* 빈지소는 밀양시 상동면 안인리 밀양강에 소재하는 소沼

얼굴

거울에 비친 얼굴
삶의 흔적이다
분명한 흔적이지만
아픔은 지우고
다시 그리고 싶다

얼굴에
나를 남긴다
내 붓으로 그린다
세월도 그린다

하늘에 구름은
자연을 그리는데
내 얼굴에
세월은 주름만 그리네

어김없이 하루는
자연을 그리고 얼굴을 그린다.

풍란

파르르 승무하는 너
꿀벌은 주인을 잃으면
하얀 띠 두른다던데
너도 주인을 잃었느냐
청록의 뿌리만큼이나
녹색을 머금은 꽃봉오리
향을 피우며 살포시 웃는다
까다로운 생육의 조건을
정으로 일구던 사랑
바람 되어 날아갔다
너에게
눈 맞추고
향에 눈감으며
소 웃음 웃던 행복한 모습은
바람으로 갔는데
너는
올해도
긴 수염에 순백의 꽃잎 달고
나비처럼 피었다

세월도
긴 나뭇가지 사이로
한 점 구름으로 지나간다.

제4부

가을 편지

그림자 같았던 당신
빛을 가진 하늘은
해도 달도 너와 같다
걸을 때도 섰을 때도
곁에 있는 당신
빛이 당신이다
당신은
그제나 지금이나
나의 빛이다

산

당신은 산
산이 되고 싶다
움직이면서 움직이지 않고
흔들리면서 흔들리지 않는 산
맑고 깨끗하여
숨을 깊게 들이고 내 쉬며
깊은 잠을 자게 한다
하나가 둘이 되고 둘이 하나 되어
바위로 굳어진 산
듬직하게 앉아있다
바위에 햇살을 품어
뿌리를 깊게 내린다
마그마를 뿌옇게 뿜어내는 물줄기
깊은 계곡에 정적을 깨드린다
움직이면서 살아 있는 당신
나를 포근하게 품는다.

북한산

운무가
수묵화로 그린다
봉우리와 능선을
계곡으로 흘리고
백운대 인수봉 만경대는
한낮의 태양에 번뜩이게 그렸다
고찰에 풍경 소리
언제나 그랬듯이
세상 시름
한 줌의 티끌인 듯
法音으로 토해낸다
한강은
시름을
서해로 보낸다.

다랑논

산자락에 주렁주렁 달린 다랑논*
제멋대로 달려 있다
한 마지기에 열두 동강
밥 달라고 조르는 듯
모퉁이를 돌아누운 논두렁은
나물 캐는 아가씨가 좋아한다
후미진 논두렁
연인들의 은신처이기도 하다
노을이 진다
애환이 쌓인 다랑논
일꾼의 사연도
층층이 쌓여 있다
사연이 있는
후미진 논두렁에
땅거미가 내린다
다랑논에 사연.

---

* 다랑논 : 산자락에 좁고 길게 형성된 계단식 논

우듬지

꿈이
우듬지였을까
높은 것이 좋았다
높은 것이
어릴 때
꿈이었지
우듬지에 까치
실바람에도 흔들린다

해가 저문 정류장에 적막이
밝아지지 않는다
내가 꿈을 꾸었을
내 속에
어린 새가
해질녘
노을에 있으니까.

---

* 우듬지 : 나무의 끝부분을 말한다

생로병사 生老病死

가을이 익는다
물들이며 익는다
계절은
봄과 여름
가을과 겨울
순서가 있지만
떨어지는 것은 순서가 없다

노인은
세월이 만들지만
떨어지고 죽는 것은
운명인지 순서가 없다
싱싱한 땡감도 떨어지듯이
生老病死에는
法이 따로 없다
창공과 청산은 무어라 할까
말없이
티 없이.

곡예사

줄을 타면 행복하고
춤을 추면 신이 나는 곡예사
줄을 탄다
겁 없이 타고 걷고
시름 없이 달리고 뛰고
곡예를 한다
함성은 귀에 없고
운명은 줄에 있다

곡예는
하늘이 나에게 준 선물
언제 끊어질지도 모르는
줄에 몸을 맡겨
오늘도 곡예를 한다
나는
줄을 타는 곡예사
길 다란 나뭇가지에
고추잠자리
한 마리 앉았다.

벽화

골목길에 벽화
구불구불했던 골목에
어릴 때 놀이하는 모습
벽화에 담겨 있다

지워진 고향에는
구불구불한 것도
굽어진 곳도 없다
그 시절이
마음을 잡아 본다
돌아갈 수 없는 모습들은
화가의 붓에 벽화로 남아 있다
불알을 내놓고 뛰어다니던
지나간 이야기는
벽화에 두고.

그림자

만져지지 않는 당신
그림자이다
빛이 있는 곳에 네가 있다
내 곁을
앞서거니 뒷 서거니 하는 당신
내 그림자

그림자 같았던 당신
빛을 가진 하늘은
해도 달도 너와 같다
걸을 때도 섰을 때도
곁에 있는 당신
빛이 당신이다
당신은
그제나 지금이나
나의 빛이다.

티끌

먼지 아닌 것이 없다
귀한 것도
귀하지 않은 것도 없다

色卽是空 空卽是色*
色이 아닌 것도
空이 아닌 것도 아니듯이
자세히 보면
티끌 아닌 것이 없다

티끌 속에 티끌인 너
모두가 하나인데
혼자처럼 외롭다
혼자인 것이.

---

* 色卽是空 空卽是色는 반야심경에 나오는 불교 용어

하늘길

이정표가 없는 길
표시판이 없을 뿐
쉴 수 없는 길이다
목적지가 분명한 것은
누구나 알고 있다
점점 가까이 가고 있다
천당과 극락이 있다지만
가면 오지 않는
초행길을 가고 있다

노을이
빌딩 사이로 들어올 때
하늘나라가 시작되었다는
생명의 합창이 들린다
뻐꾸기 울음처럼.

모성母性

아이고 내 새끼야
아이고 내 새끼야
어미의 사랑은
영원한 짝사랑이지만
모성의 아름다움
까맣게 타는 눈물이다
새끼에 빠지는 모성의 늪
눈 가린 경주마처럼
경주만 한다

탁란한 뻐꾸기가
네 어미는 애닯게 뻐꾹 대지만
둥지의 새끼는
먹이만을 기다린다.

멍

별 멍. 불 멍. 물 멍
멍한 채
머리가 텅 빌 때
넋이 빠질 때
나는 이럴 때가 좋다

공간
여백
비움
멍하게
별을 본다

시름을 뺏겼나
시름을 잊었나
이 순간
아무런 생각이 없다
나는 이래서 좋다.

삼자현

가슴이 뚫리는 삼자현*에
솔 향기 가득하다
세 사람이 아니면 넘을 수 없었던
눈 덮인 고갯길
나를 하얗게 만든다
도로변 조형물인
뒤주와 디딜방아
그리고 여치 집은
어릴 적
옛날로 돌아간다
굽어진 수십 구비를
돌고 돌아 오르는 삼자현 고갯길
승용차도 숨을 헐떡인다
구비 마다 비경인 삼자현
슬픈 여인의 사연이
계곡으로 흐른다.

---

* 경북 청송군 부남면에 소재하는 현

오일장

시골장은
외할머니 보러 가는 날이다
내 강아지 왔냐고 볼을 비비던 시골장
시골 장은 만물상
윗마을 아랫마을에서
이 동네 저 동네에서
시장에 온다
흰 머리 굽은 허리
아이 어른 할 것 없이
시골 장은 만물상
곡식과 생선도
짐승까지
셀 수 없이 많은 만물상

사람 냄새가 나는
정을 주고받는 시골장
사물놀이 하듯 흥이 있다
흥정하는 소리
엄 메-하는 송아지 울음 소리
뻥티기 아저씨의 뻥이요 소리
사람 사는 냄새가 난다.

---

* 오일장은 5일마다 서는 재래시장
  주로 시골에 서는 시골장을 말함

물방울

갈증에 목맨 나뭇가지들
가랑비에 목을 적신다
나뭇가지에 달린 물방울
운명처럼 달려 있다
햇살에
바람에
맡겨진 운명
어찌
네 모습일까
금방이라도
도르르 떨어질 것 같은
가볍고 영롱한 물방울
한 점 구름으로 날아간다.

가을에 쓰는 편지

새벽부터 무서리가
손님으로 왔다
손님맞이 인사에
개선장군처럼 답하는 무서리
겨울 준비하라 한다
뜨거운 태양의 열정도
계절의 수레바퀴에
밀려나니
여름은 목이 돌아간다

나뭇잎은
낙엽 되어
가을 편지 쓰듯 떨어진다
무서리를 맞은 풀잎은
눈물로
주황색 가을 편지를 쓴다.

떠돌이별

환자들이 의지하는 병원
고통과 아픔은 방정식이다
온몸을 조건도 없이 침대에 맡기고
무슨 전쟁을 하는지도 모른다
천사를 만나
악마와 싸운다
수많은 별이 하늘을 메운다
셀 수없이 많은 별
누구의 별인지
아픈 별은 없을까
떠돌이별
볼 수 없는 하늘로
유성같이 떨어진다
조용한 하늘은
미동도 하지 않는데
자연스러운 일상인 듯
하루가 가고 또 하루가 시작된다
떨어지는 별에 눈물이 난다
천둥이 치고 태풍이 일어도
어제도 그랬듯이 오늘도 지나간다

힘들어도 지나갈 거야
가볍지만 않은 삶
하늘에 바람이 인다
햇빛이 한번은 비추겠지라는
조그마한 꿈이라도 걸어본다.

타지마할

영원한 사랑이 잠든 타지마할
해는 서산으로 지고
어둠이 내려앉는다
밝은 조명에 부드러운 달빛
발길을 멈추게 한다
사랑이 만들어 낸 타지마할
샤 자한의 사랑이
황금빛을 뿌린다
달빛은 사랑을 품어
야무나강으로 흐르고
순백의 대리석은
하루에도 몇 번씩 빛깔을 바꾸며
넋을 뺏어 간다
무굴제국의 황제와 뭄타즈 마할
타지마할은
영원한 사랑이 잠들어 있다
사랑의 금자탑
하늘에 걸려 있는 듯
아지랑이 피어올라 몽환으로 빠져간다.

제5부

두고 간 사랑

지용이와 지훈이는 할머니를 사랑했다
할머니 품에서 살았다
지금은 구름 너머 하늘에서
나를 지켜보고 계신다
할머니 보고 싶어요. 그리고 사랑해요

사랑을 두고 간 당신
손자들처럼 나도 너무나 보고 싶습니다
그리고 사랑합니다

새털구름

눈에는 그저 귀엽게만 보이던 습관들
언제나 맑은 목소리와 웃음소리
외출할 때 입고 나갈 옷을 고르면서
나 어때 라고 묻는 아이 같은 얼굴
자다가도 손을 뻗으면 닿던 뜨거운 몸이 그립다
당신이 시술받으러 병원 가던 날
쌀쌀한 바람에 우리는 옷깃을 올려세웠지
푸른 하늘에 새털구름이 포근하게 내려앉아
하얗게 웃으며 당신을 따라 나섰다
언제나 우리는 함께 다녔다
오늘은 혼자 길을 나선다
당신이 그리울 때 멍하니 하늘을 바라보는 나
49재를 지내는 날 당신이 하늘 문을 여는 것을 보았다
새털구름에 앉아 환하게 웃는 모습도 보았다
당신이 그리울 때 하늘을 찾는다
이젠 혼자이다
혼자인 것이 아직 서툴러 어색하기만 하다
오늘은 푸른 하늘에 낮달이 함께 가자고 한다
나 몰래 연애라도 하려고 하며 웃는다.

이별

우리는 부부가 된 후 한 번도 한 눈을
팔아본 적이 없었다
직장에 충실하고 가족을 우선으로 생각했던 우리
혼자 길을 나서니 옆구리에 허전함이 느껴져
당신이 더욱 그립다
낮달은 시샘이라도 하듯
혼자 걷는 길을 감시라도 하듯
팔짱도 끼지 않고 손도 잡지 않고 눈에 들어온다
마음의 보호대가 무너져 환시가 일어나고
손을 뻗으면 닿을 곳에 당신이 보였다 사라졌다 한다
신은 인간에게 복을 공평하게 나눠준다고 하나
그 말을 받아들일 수가 없다
다른 사람에게는 어떨지 몰라도
당신에게는 너무나 가혹하다
인생은 시작부터 만남과 헤어짐의 반복이다
연속되는 만남과 헤어짐은
사람을 성숙하게 하기도 하지만
슬픔과 아픔, 그리고 지독한 그리움도 안겨준다

이별에 따라 고통과 슬픔의 차이를
수치로 표현할 수 없을 것이다
나의 이별은 내가 누구인지조차 모르게 했다
눈물은 펑펑 쏟아지는데 가슴은 텅 비어
어떤 느낌도 생각도 없어져 버렸다.

밤하늘에 별

건강해지면 해외여행도 가고
못 가본 국내 여행도 하자고 했는데
뭐가 그리도 급했는지 모르겠다
못다 한 이야기도 뒤로하고
우리가 했던 약속도 뒤로하고
어디 먼 곳으로 갔는지 눈에 보이지 않는다
친구들과 여행을 갔다 현관문을 들어서며
여보 나 다녀왔어 하고 웃던
당신의 모습과 정겨운 목소리
그 모습과 목소리가 아직 눈에 귀에 남아 있어
여전히 당신은 나와 함께 있는 느낌이다
언제 그 소리가 들리지 않을지는 모르지만
사람들은 세월이 약이라고들 한다
제 몸에서 나뭇잎을 떼어 내는 나뭇가지들은
봄이 되면 제 식구들이 돌아오기를 기다리며
이별의 고통을 이겨 내겠지만
나는 풀잎에 맺히는 물방울과
입도 없이 살다 죽는 작은 벌레와 같다

언제나 무겁게만 느끼던 내 존재가 가벼워진다
무리를 이루는 듯 보이는
밤하늘의 별들도 혼자이며
하나의 점으로 응축되어 있던 물질들이
서로 멀어져 간다
會者定離라 하지만
지금 나에게는 어떤 이별도 아프지 않은 것이 없다.

눈물

사람이 죽으면 별이 된다는 말이 떠오른다
별 무리가 가득한 곳 어딘가 당신이 있다는 생각에
저 무리가 낮게 내려와 주기를 바라며
하나 둘 별을 센다
초등학교 입학을 얼마 두지 않은 손자들이
학교에 가면 돌봐 주어야 한다며
건강을 챙겨야 한다고 하던 당신
그렇게도 좋아하던 손자들이 책가방을 메고
학교에 가는 모습이 예쁘고 사랑스럽다
저 예쁜 모습을 보지 못하는 당신 생각에
나는 혼자 눈물을 삼킨다
할머니도 계셨으면 좋았을 텐데 하며
나를 보는 손자들
내가 할머니 생각에 슬퍼 보였던 모양이다
할머니가 요리해준 칼칼한 된장찌개를 먹으며
역시 이 맛이야 하며 할머니를 좋아했던 것이
엊그제였는데
이젠 그 음식을 먹을 수가 없다며
할머니를 그리워한다

내 아기 때 이야기

지용이는 할머니를 사랑했다
할머니 품에서 살았다
쌍둥이 형으로 태어나
엄마 품이 아닌
할머니 품에서 밤을 보냈다
할머니는 일곱 살이 될 때까지 나와 함께 살았다
대학 입학할 때까지
십수 년을 살면
멋진 나의 모습을 볼 수 있다고 활짝 웃으셨다
지금은
구름 너머 하늘에서
나를 지켜보고 계신다
할머니 보고 싶어요
그리고 사랑해요.

---

* 할아버지 흉내를 내는 7살 손자의 시 한편 (정지용 : 내 아기 때 이야기)

두고 간 사랑

6년 남짓 함께 산 손자가
당신 생각에 눈물 흘리고
그리워하는 글을 쓰는 것은
사랑과 情이 없었다면 가능이나 했을까요
당신의 사랑과 情이
우리에게
잊지 못할 그리움을 두고 갔다
사랑을 두고 간 당신
손자들처럼
나도 너무나 보고 싶습니다
그리고 사랑합니다
아파트 양지 뜰에 초록 머리가
새로운 세상에 여행하러 왔나 봅니다

평설

김 종

김용태 시인 시집 『노랑나비』 평설

사랑과 그리움의 언어, 그 자별함…
"술잔에 달 띄우고" 부르는 세레나데

김 종(시인·화가)

고개를 들어 하늘을 본다. 구름 아래 강물이 긴 물길을 거느리고 들녘을 적시며 멀리멀리 흐른다. 저 도도히 흐르는 강물에는 시작했던 자리의 졸졸거리는 도랑물의 애잔함도 스며있으리라. 시인은 목청을 가다듬어 대자연과 인간세상을 향하여 시의 아리아를 부른다.

* "시는 의미하는 것이 아니라 존재하는 것"

시인이 노래하는 시간에 대지는 자별한 곡조와 이야기를 풍성하게 상 차려서 산천초목을 기르고 세상을 물들인다. 아름드리로 서서 세상의 위기를 지켜주고 상처를 향한 연민의 안테나를 세워 주위사방을 살피고 하나하나 안아주고 눈을 맞춘다.

시를 읽는 전제조건에는 그 시가 무엇을 이야기하는

가를 헤아리는 일을 목표한다. 시작품에 성실한 독자라도 독서 중에 자칫 시작품만의 표정과 느낌에 몰입하는 것은 그리 드문 일이 아니다. 그러나 한 발자국을 걸어 나와 폭넓은 독서력에 기대면 기상천외한 언어적 조합이 이루어지거나 이에 적응하면서 외려 그것들의 선도적 의중을 견인할 수 있게 된다. 예술이란 이름의 작업들은 항용 순탄한 감동만을 전제하지는 않는다. 그것들은 새로움이란 이름으로 자행되며 방법상의 여러 작업들이 두루 포함되는 일이기 때문이다. 예술이란 이름으로 이루어진 작업들이 정점에 위치한 '시'의 세계에 드는 일은 이보다 한발 더 나아간 인간의 문제에까지 깊숙이 침잠해야 한다.

필자는 아치볼드 매클리시가 「시의 기술」에서 말한 "시는 의미하는 것이 아니라 존재하는 것이다."라고 한 언명을 신뢰하면서 "시는 의미 이전에 이미지를 통해 존재"까지를 되풀이 강조해온 터다. 지금까지 낯선 언어의 거처로 안내된 시작품들에 도드라진 그들만의 의미를 어떻게 독서할 것인가에 골몰하면서 김용태 시인의 작품에 진입하려 한다.

먼저 김용태 시인이 『문학秀』 제10호 신인상에 당선되고 문학세상에 소개될 때의 심사평은 다음과 같다.

"김용태 시인의 시의 세계를 살펴보면 자연을 바라보는 시인의 마음이 데카르트가 생각 날 만큼 철학적 사고와 사유가 작품마다 스며있다. 강은 비옥성과 토양의 경작에 필요한 물의 상징성을 갖고 있다. 김 작가의 「겨울 강」은 얼어붙은 강물 위에서 찬바람, 한기를 맞으며 웅축된 외로움과 쓸쓸함 형상화하고 있다, 그러나 그 표현 뒤에 얼음장 밑으로 흐르는 눈물 같은 강물이 봄을 향해 흐르고 있다는 미래의 희망을 노래하며 내일을 향해 흐르는 강뿐 아니라 모든 인간의 현재는 순간에 지나지 않음을 내포한 우수작이다. 김 작가의 겨울 강은 얼음장 밑으로 흐르는 '봄날의 강'이다.

「미숭산」과 「연인」은 감미로운 시언어로 구성되어 있다. 존경어를 쓰는 문체의 문단 구성성이 작가가 여성이 아닐까? 할 정도로 유연하다. 미숭산에 대해서는 아슬하게 자신이 지나온 발자국에서 긍정적 사고로 미화시키는 독특한 시 정신이 있음을 발견했다. 인간과 자연에 대한 그리움을 선명하고 사색적 이미지로 섬세한 언어를 잘 배치하는 창작구성력을 높이 평가 한다."

위의 심사평에 유념하면서 독서한 김용태 시인의 작품들은 한 작품 한 작품을 대할 때마다 그 속에 담긴 이야기들을 형상화한 이미지로 마치 그림을 감상하는 것 같은 세계에 빠져들게 한다. 풍경이 그려낸 장면들을 연상하고 그리움을 주제로 한, 편 편의 작품들이 인간사와 어찌 결부되는가를 보면 자신이 태어나고 성장한 주변의 여러 사물들과 평생을 함께한 배우자와의 시간들로 이어지는 이야기임을 읽을 수 있었다.

김용태 시인은 평소 필자와는 지면이 있는 분이 아니므로 김 시인의 주변사를 내면까지 살필 수는 없었지만 작품 속에 스민 주변의 여러 사물과의 관계와 배우자 상실의 아픔을 한자리에서 읽는 특별함을 보여주었다. 문학이 삶의 기록이라는 통상적인 사실에 주목한다면 시인의 작품창작이 여기에서 출발하는 것도 자못 의미 있고 자연스러운 일일 것이다. 연유를 살필 겨를도 없이 배우자의 상실이라는 큰 아픔을 앞세운다면 그에 따른 공허감 또한 감당키가 쉽지는 않았으리라. 이는 어쩌면 배우자와 함께한 추억의 세월이 갈피마다 그만큼 직핍했을 것이고 배우자를 동반한 애틋한 시간들을 작품으로 빚는 것 또한 세상의 간절함을 노래하는 또 하나의 요항이 되었을 것이다.

그런 의미에서 김용태 시인의 시에서 읽어낸 시인으로서의 특성에는 이에 합당한 기질적 '그리움'과 '사랑'의 정서가 한편으로는 절제되면서도 풍성하고 다기다양한 표정을 보였다는 점에서 가슴 뜨거운 열정과 무량한 그리움의 언어들을 확인할 수 있었다.

언어라는 조건만 주어지면 시인이 대단한 권력자라는 사실은 필자가 되풀이 말해온 바다. 언어를 다룬다는 점에서 시인은 그에 따른 거대 재량과 권역權域이 존재한다는 사실이다. 적어도 시인에겐 언어에서 부여된 사통팔달한 운신이 퍼시 셸리가 말한 "비공인된 입법자"라는 말이 가당하다는 것을 수긍하게 된다. 한 편의 시가 탄생한다는 것은 시인의 언어적 권능 위에 사물이 이미 지라는 옷을 입고 리듬을 고르는 것이니… 그 결과 전혀 새로운 자신만의 세계를 창조하여 노래하는 것이다.

시를 쓰는 시간에 시인은 그 자체로는 하나의 오로라다. 신이 인간을 자신의 의지와 모습대로 창조했듯이 재능을 다하여 시인은 자신을 담아내는 언어로 시와 노래를 연신 창조해 간다. 이것이 독자를 향한 시인의 운명이며 세상의 언어로 시인을 닮은 인류사회의 또 다른 자산을 비축해가는 일이다. 작은 불씨로 우주를 밝히고 과거와 현재와 미래라는 시간을 이어서 하늘에 무지개를 올리는 작업이 시창작인 때문이다. 그리 보면 대자연이 꽃을 피우는 일과 시인이 언어를 부려서 생의 감동에 도달하는 일임은 실에 있어서 무엇이 다르랴 싶다.

김용태 시인이 보인 그리움과 사랑의 언어에는 여느 시인들이 노래한 공통 주제이기는 해도 여기에 고향의 서정성과 배우자와의 지극 간절한 기억들이 한 자리에서 노래되었다는 점에서 김용태 시인의 작품들은 마음으로 짓는 풍경이면서 그리운 사람을 향한 애절한 사모곡思慕曲인 셈이다.

어젯밤에는
누가 다녀갔나 보다
맑고 깨끗하게 흐르던 강물이
하얗게 얼어 있다

어제 놀던 청둥오리

보이지 않고

얼어붙은 강물 위에

두루미 한 마리

날갯짓도 하지 않은 채

찬바람에 홀로 있다

하얀 얼음 밑에서

조용하고 천천히 흐르는

눈물 같은 강물 속에

겨울은 깊어만 간다.

〈겨울 강〉

〈겨울 강〉에서 김용태 시인은 실루엣처럼 두루미 한 마리를 등장시켜 '눈물 같은 강물'의 하얀 얼음 밑에 깊어만 가는 '겨울'을 핍진하게 펼쳐내고 있다. 작품의 시작은 "맑고 깨끗하게 흐르던 강물이/하얗게 얼어 있는" 것을 보고 "어젯밤에는/누가 다녀갔나"를 의문처럼 떠올리고 있다.

* '얼룩'으로 형상된 사랑, 감각이 뛰어나

그러면서 화자는 어제 놀던 청둥오리가 보이지 않는 일을 회상하고 날갯짓도 하지 않은 채 찬바람에 홀로 서있는 '두루미 한 마리'를 전면에 내세운다. 이 두루미는 기실 시적화자의 즉자화이다. '외롭고 높고 쓸쓸한' 백석의 시구가 연상되는 아린 생의 한 대목이 두루미에 집중 되어 있다. 그리하여 다다른 곳이 "조용하고 천천히 흐르는/눈물 같은 강물"이며 실에 있어서 맑고 깨끗한 강물의 흐름에 얼음이 덮이고 그래서 호수 아래의 오리의 발짓처럼 그 간절한 흐름은 보이지 않았던 것이리라. 겨울 이미지를 연상한 탓인지 작품의 전체적인 분위기는 찬 기운이 도는 삽상한 느낌이지만 그 속에 흐르는 작품의 정조는 단순한 풍경 이상의 묘사와 깊어가는 겨울을 향해 다가오는 봄의 온기, 즉 생에 대한 희망이 읽히는 것을 볼 수 있다.

조용히 창가에서 당신을 바라봅니다
가냘픈 얼굴에 예쁜 눈
보고 또 보고 다시 보고 싶습니다
내 마음을 글로 표현할 수 있다면 얼마나 좋을까요
구스타프 클림트의 〈연인〉을 기억하세요?
키 작은 풀꽃이 만발한 언덕
두 연인이 서로에게 의지한 채
키스하는 그림말이에요
그 그림에 내 마음을 담아봅니다
나도 후회하지 않을 사랑을 할 수 있을까요?
우리 둘만의 사랑을
누가 훔쳐볼까 걱정입니다

너무나도 분명한 우리 사랑이

다른 사람 눈에는 얼룩처럼 보일지도 모르니까요.

〈연인〉

　작품 〈연인〉은 한마디로 "몹시 그리며 사랑하는 사람"을 노래한 작품이다. 이 작품의 압권은 말미에서 노래한 "너무나도 분명한 우리 사랑이/다른 사람 눈에는 얼룩처럼 보일지도 모른다"는 부분의 묘사력이다. 이 부분에서 필자는 김용태 시인이 보인 매우 독특한 시적 발견을 가볍게 지나칠 수 없었다는 점이다. "너무나도 분명한 우리의 사랑"을 문면 상으로는 평탄하게 풀린 일상적이고 추상적인 문장이라 할 수도 있다. 그런데 이것은 받아낸 다음의 문장이 "다른 사람의 눈에는 얼룩으로 보일지도 모른다"는 것이었다. 사랑의 일은 그 자체로는 추상적이지만 이를 구체적 현상인 '얼룩'으로 감각화시킨 것은 김용태 시인의 시적 능력을 보이는 상징적인 대목이라 하겠다. 이는 그만큼 범상한 발견이 아니라는 의미이다.

　작품은 다소 명상성이 가미된 "조용히 창가에서 당신을 바라보는 것"으로 시작하였고 "보고 또 보고 다시 보고 싶은" 것은 다름 아닌 가냘픈 얼굴에서 마주친 예쁜 그대의 눈이라는 것이다. 그러면서 화자는 자신의 마음을 글로 표현해 보일 수 없음을 아쉬워하였고 구스타프 클림트의 작품, 키 작은 풀꽃이 만발한 언덕에서 서로에

게 의지한 두 연인의 키스하는 그림 〈연인〉을 기억하느
냐고 묻는다.

그리고는 문득 "나도 후회하지 않을 사랑을 할 수 있
을까"를 반문하였고 비밀스럽게 간직하고픈 '우리 둘만
의 사랑을/누가 훔쳐볼까 걱정'이라고 했다. 까닭인즉
자신에게는 너무도 분명하고 아름다운 사랑이지만 혹
여 다른 사람의 눈에는 볼썽사나울지 모른다는 우려 때
문임을 마무리에서 읽게 된다. '사랑'은 온갖 미사여구
를 동원해도 부족함이 없는 가장 인간적이면서 아름다
운 행위에 다름 아니지만 그것이 혹시라도 잘못 보일지
모른다는 우려는 단순한 기우 이상이라 여겨진다. '사
랑' 하나만으로도 이 우주를 가득 채우고도 남을 만큼
의 대단한 것이라면 그 같은 사랑을 위해서 헤아릴 수
없이 많은 일들이 이야기될 수 있다는 것은 사랑이 그
만큼 다기多岐하고 신비한 정신적 현상인 때문이다.

사랑보다 숭고한 것이 없다면서도 사랑을 가장 추악
하다고 말하는 이도 있다. 여기서는 그 같은 것들을 세
세하게 짚어가는 자리가 아니니만치 말을 줄이지만 작
품 속의 화자가 염려하는 더없이 아름다운 자신들의 사
랑을 '얼룩'처럼 보이고 싶지 않다는 생각은 '사랑'을 두
고 한 번쯤은 반추해볼 만한 성스러움이 아니었을까.

지중해 크루즈에서
나는 화가가 되었다

베니스, 산토리니, 그리고 크로아티아의

아름다운 성벽을 그렸다

파도를 부수어 하얀 꽃을 피우고

흰 구름으로 하늘을 그렸다

초록색 바다에 붉게 핀 살라테 성당

나는 엽서 속 사진을 그린다

지중해의 푸른 물결

바위섬이

푸른 바다에 피어 있다

여행에서

사랑을 배웠다

탄식의 다리에서 사형수가

인생의 허무함을 깨닫듯이.

〈여행〉

   프랑스의 유명한 작가 앙드레 지드는 자신의 작품 『좁은문』에서 다음과 같은 말을 했다. "여행과 질병만이 자아를 돌이키게 한다." 실지 이 말은 우리가 살아오면서 더러 실감나게 체험한 바이다. 허지만 크게 아팠을 때와 여행했을 때를 곰곰 헤아려보면 자신의 여러 일들을 스미듯이 사유했던 지난날을 기억할 것이다. 이 말은 절실한 때를 만나면 자신을 돌아보는 존재가 인간이라는 의미이기도 하다. 그만큼 인간에게 '여행'이 주는 의미는 크고도 각별하다는 의미이다. 작품〈여행〉은 단정적으로 "지중해 크루즈에서/나는 화가가 되었다."는 자못 선언적인 표현으로 작품의 시작을 열어가고 있다.

　*"초록색 바다에 붉게 핀 살라테 성당"

　지중해라면 우리에게는 자주 접할 수 없는 참으로 이국적인 장소가 분명하고 화가가 되었다는 크루즈여행에서 다음에 전개될 장면들을 궁금하게 한다. 화자가 그림으로 꿈꾸거나 찾고 싶었던 자신만의 문화현장에서 선을 치고 색을 입혀 소유하고 싶다는 것은 충분히 이해가 되는 대목이다. 그래서 그는 "베니스, 산토리니, 그리고 크로아티아의/아름다운 성벽을 그렸고""파도를 부수어 하얀 꽃을 피우고/흰 구름으로 하늘을 그렸고" "파도를 부수어 하얀 꽃을 피우고/흰 구름으로 하늘을 그렸다"고 했다.

　그리고는 "초록색 바다에 붉게 핀 살라테 성당/나는 엽서 속 사진을 그려나갔다"고 했다. 이 얼마나 신바람을 동반한 유쾌한 여행인가. 그처럼 그림을 그리는 여행의 시간은 그 속에 자신을 빠뜨릴 만큼 유의미한 화자의 삼매경이 있었을 것이고 그러면 그럴수록 부지런히 손을 움직여 그려나간 시간 또한 늘었을 것이고 사진으로는 감 잡을 수 없었던 자신만의 풍경과 이야기와 생각들을 소유할 수 있었을 것이다. 우리가 시작품이나 수필이나 소설, 희곡 등 문학작품을 읽는 것은 그 작품이 보여준 한 편의 이야기를 읽어가는 일이다. 다만 그것들은 우리의 일상에서 나름의 독창성에 기반 하기에 이전에는 접하지 못한 감동을 받게 되고 이후로는 자신도 모르게 심적 변화에까지 나아가는 경우가 다반사다. 화자가 지중해 풍경들을 그려나가는 동안 주름주름 밀려드는 푸른 물결과 점점이 뿌려진 바위섬들이 어느새 바다 위의 꽃으로 피어나면서 새삼 '사랑'을 학습하고 있었다고 했다.

김용태 시인은 독자를 향해 사형수가 탄식의 다리에서 깨달았다는 인생의 허무를 제시하면서 그가 배웠다는 '사랑'의 의미를 여기에 비견하고 그것들은 이전의 그것에 비해 훨씬 크고 간절했음을 읽을 수 있다. '여행'이 주는 의미가 사형수가 탄식의 다리에서 깨달았다는 '인생의 허무'에 견줄 수 있을 만큼의 '사랑'이었다면 어찌 성인들이 가르치는 그것과 다르랴 싶기도 하다.

아픔과 슬픔과 웃음을
하늘이 끝나는 곳까지
당신은 그렸다
보이는 곳에서
보이지 않는
삶을 그렸다
강물이 되기까지
꿈의 저편에서

유유히 흐르는 물을

당신은 그렸다

우리의 삶을

그리고 인생을

기다란 나무 그림자까지.

〈당신〉

  우리가 작품에서 읽어낸 대상은 때로 추상어로 노래된 경우도 빈번하다. 그런데 위의 〈당신〉은 구체적인 호명은 없었지만 화자에겐 더없이 소중한 지근至近의 사람, 아니 어쩌면 일심동체인 그 어떤 분이 아니던가가 구체적인 설명 없이도 한눈에 감 잡게 한다. 얼마나 간절했으면 "아픔과 슬픔과 웃음을/하늘이 끝나는 곳까지/당신을 그렸다"고 했을까. 그리고 "보이는 곳에서/보이지 않는/삶을 그렸겠거니" 했는데 그 건너편에 화자가 목표한 '당신' 또한 "강물이 되기까지/꿈의 저편에서/유유히 흐르는 물을", 아니 "우리의 삶을/그리고 인생을/기다란 나무 그림자까지" 그려나갔던 것으로 서로가 서로에게 얼마나 간절한 존재인가를 알아가게 한다.

  그리고 이것을 일러 상대의 모든 것을 그려보였다고 했을 것이다. 아픔에서 슬픔, 웃음을 '삶'을 그려내는 것을 전체로 보고 자신을 보인 시적 발언에는 대단한 시적 울림이 숨어있다. 그 표현이 자못 강렬해서 평상의 감정으로는 독서할 수 없었다고 고백처럼 말해야겠다.

'우리의 삶을 그리고 인생을 기다란 나무 그림자'에 견
주었다는 것은 이 작품의 독서가 한 번쯤의 심호흡이
필요하다는 증거이기도 하다.

세월이 간다
헐떡거리며
어둠 속 빈 의자에
중절모자 벗어 놓고
술잔에 달 띄워
그 속에 머무른다

돌아봐도
갈 곳이 없어
세월은 간다
주인을 기다리다
오지 않아
구름 따라 흘러간다.

〈노인〉

〈노인〉에 담아낸 세월의 주인이 누구인지는 확실하지
않다. 그렇지만 기다리는 대상이 동일하게도 세월이라
는 말들을 한다. 위의 작품 〈노인〉에서 "오지 않아/구름
따라 흘러간다"는 마무리의 표현을 접하면서 필자 또한
망연해지는 심정이었다. 인간세상에서 후퇴를 모르는

것이 세월이고 전진의 속성만으로 강물 같은 흐름을 이어간다.

그러는 가운데 '어둠 속 빈 의자'를 등장시키고 거기에 무대장치처럼 '중절모자 벗어놓고' 술잔에 달을 띄워 '그 속에 머무른다'는 표현은 자연에 순응하면서도 형언할 수 없는 고적감이랄까 자신이 살아온 지금까지의 세월이 또 하나의 '어둠 속 빈 의자'였음을 고백처럼 들려주는 말이다. 지난 세월은 우리를 뒤돌아보게도 하고 막막한 마음을 달래기도 하지만 그런대도 기다리던 주인이 오지를 않자 구름 가는 대로 흘러가는 것이 세월이라는 이야기는 많은 것을 생각게 한다. 이와 관련하여 엘리베이터에서 문득 생각한 메모 하나, 사람은 자신을 일러 만물의 영장이라면서도 한번 쌓아올린 세월은 다시금 낮추거나 허물거나 끌어내릴 수 없음에 하나의 기계일 뿐인 엘리베이터는 자신의 나이를 줄이고 늘리는 것에 자유자재함을 보면서 뭐랄까 형언할 수 없는 위화감 같은 것이 느껴졌다.

하늘은 하늘이
땅은 땅이
그가 만든 감옥에
내가 있어도
혼자인 것이 외롭지 않다
혼자이기 때문에

하늘은 닫혀 있어도
벽이 가두어도
외롭지 않다
네가 있기 때문에
닫히지 않고
가두지 않는 곳이
어디인가
모두가 갇혀 있는 걸.

〈감옥〉

하늘땅의 시간과 공간을 하나로 합하여 통칭 '우주'라 하자. 이를 두고 모든 천체를 포함하는 시공간과 복사 또한 우주라 하자.

* '갇혀있는 것'은 네가 있기 때문

하지만 작품에서 읽은, 하늘은 하늘이 땅은 땅이 제각 각 그들이 만든 그들만의 감옥이 있다는 게 화자가 우 주에 대해서 갖는 생각이다. 거기에 온갖 것들이 갇혀있 으면서 저마다 감옥인 줄도 모르고 살아간다는 것이다. 언젠가 필자도 빼곡이 들어찬 숲을 보면서 숲은 멀리서 보면 조그마한 틈도 없는 거대 덩어리로 보이지만 가까 이 다가가서 보면 참으로 고독한 제각각의 나무들이 저 마다의 자리를 지키는 것을 볼 수 있다고 얘기한 적이

있다. 마찬가지로 작품 속의 화자도 그처럼 광활하기 이
를 데 없는 하늘과 땅에 살고 있는 인간을 두고 외로움
도 모르고 감옥에 갇혀있다는 것이다.

　어차피 혼자라는 존재적 외로움을 닫혀있는 하늘이
라는 벽에 가둔다 해도 혼자이기 때문에 외롭지 않다는
표현은 역설에 가깝고 설득력 또한 크다. 그런데 그걸
반증이라도 하듯 모두가 '갇혀있는 것'을 "네가 있기 때
문에/닫히지 않고/가두지 않는 곳이/어디인가"를 묻는
화자는 분명 반어법적 표현의 솜씨를 보이고 있다. 대저
화자가 말한 '감옥'이라는 곳은 인식하기에 따라서는 감
옥이면서 감옥이 아닌 그 의미적 광활함이 다기하다는
사실 또한 사유할 수 있다.

　　　작은 공간의 삶
　　　바람이 분다
　　　한낮에 태양은 지붕을 달구고
　　　어둠에 하얀 초승달
　　　창에 닿을 때
　　　별이 쏟아진다

　　　어릴 적 나를 업고
　　　사발에 달을 뜨는 어머니
　　　나의 창에 비친다
　　　머리에 계단을 이고

하늘 위로 오르는 삶

파란 하늘에

별이 쏟아진다.

<옥탑방>

  '옥탑방'을 문학적으로 이해하기 위해 그 전 단계로 사전적 의미를 살핀 바 사람이 거주할 수 있도록 건물 옥상에 만든 방으로 설명하고 있다. 사람살이에 거주 공간이 넉넉하면 굳이 옥탑방까지 만들 필요는 없을 것인데도 그리할 수밖에 없는 현실은 비좁은 거주공간을 그만큼이라도 확장하겠다는 의미를 포함한다. 그러나 옥탑방이 건물 옥상에 달아낸 방이니 그 건물에서는 가장 높은 곳이라는 것 또한 상식에 속한다.

  그래서였을까, 작품의 마무리를 "머리에 계단을 이고/하늘 위로 오르는 삶/파란 하늘에 별이 쏟아진다"고 했을 것이다. 한낮에 태양이 지붕을 달굴 때는 그리 무지막지한 불가마가 없었을 것이다. 그러나 밤 시간에 떠오른 '하얀 초승달'이 창유리에 닿을 때면 구들구들한 별들이 쏟아지게 돋았을 것이고 그럴 때는 옥상의 밤공기 또한 그리 서경적일 수 없었겠다. 또 하나의 장면이지만 어린 날 물 사발에 뜬 달을 어머니 등에 업혀서 볼 수 있었다는 것도 일상에서 체험할 수 있는 흔한 일은 아니었으리라.

  어린 김용태 시인이 기억해낸 물사발에 뜬 달은 이미

그 시절부터 서정시인이 될 운명이 아니었을까 싶다. 옥탑방에서 사는 세월은 여름의 낮 시간은 폭염에 달구어지고 풍설의 겨울에는 한기에 노출되어 힘들고 서글픈 시간이 교차했겠지만 밤 시간이 되어 보다 가까운 곳에서 또렷한 별무리와 마주하는 일은 아무리 생각해도 입술을 모아 휘파람이라도 날리고 싶은 신나는 시간일 법도 하다. 그런 의미에서 옥탑방의 애환이 오히려 아름다운 한 편의 시로 탈바꿈하는 게 오롯이 읽히는 것은 결코 가벼운 일이 아니었다.

> 낙엽 뒹구는 햇살 위로
> 노랑나비 찾아드니
> 떨어지는 낙엽도
> 꽃이로구나
> 세월 가면 시들어
> 방향 없이 떠나간다
> 당신이 잡아 줄 때
> 그때가 행복이다
> 잠시 왔다 가는 나그네
> 입술 헐어가며 지어 놓고
> 일 년이면 버리는 집
> 까치는 내 것이라 했겠지
> 새벽에 내린 무서리
> 가을을 적시니

들국화에 노랑나비

떨어지는 낙엽을

바라보며

하얀 겨울을 준비한다.

〈노랑나비〉

　노란 물 든 낙엽들이 나풀거리며 떨어져 날리는 광경은 영락없는 노랑나비의 군무에 진배없었을 것이다. 그걸 가장 흡사하게 연출한 것이 은행잎 떨어지는 광경일 것인데 그리되면 지상을 날아다니는 노랑나비 떼가 노란 은행이파리들이라는 발상은 재미도 있고 신나기도 하다. 햇살 위로 떨어져 뒹구는 낙엽을 보면서 화자는 문득 "떨어지는 낙엽도/꽃"이라는 표현을 또 하나의 시적 발견으로 보여준다. 그러니까 노랑나비를 넘어선 시적 발견이 바로 이 같이 '꽃'으로 달리 표현된 셈이다. 그런데 거기에서 허무하게도 "세월 가면 시들어/방향 없이 떠나가는" 세상유전을 생각하게 되고 "당신이 잡아줄 때/그때가 행복"했다는 화자의 회상에는 지나간 시간이 더없이 그립고 간절하게 담겨있다.

　＊무서리 내리는 새벽이 가을을 적신다

　그러면서 '인생'을 잠시 왔다가는 '나그네'라 했고 애면글면 "입술 헐어가며 지어놓고/일 년이면 버리는 집"

을 두고 내 것이라 소유한 '까치'를 생각하고 있다. 화자는 그 같은 생각을 까치에 그치지 않고 달팽이 또한 한 자리 끼어 넣고 싶지는 않았을까. 무서리 내리는 새벽이 가을을 적신다는 표현 또한 시적 수월성이 읽히는 문장이다. '무서리'가 시적으로 적중한 작품은 서정주의 〈국화 옆에서〉를 들 수 있는데 〈노랑나비〉의 이 부분에서 그 같은 감흥이 되살아나는 것 또한 숨길 수 없었다.

무서리에 들국화와 낙엽이 등장하는 것은 계절감의 차원에서도 자연스럽다. 그것들을 바라보는 화자의 모습은 겨울을 준비하는 자리에 무언가를 떨쳐버리지 못한 연민의 정서를 담아낸 것 이상을 애초부터 의도한 일은 아니었을까. 이 작품의 특성이랄까 하는 부분에서 우리가 궁금해 하는 이야기로서의 사연은 마치 여민 옷섶처럼 끝까지 드러내지 않고 비밀스럽게 이어져 간다.

당신을 찾아 헤맬 때
해는 서산에 걸린다
어두워지면 또 다른 세상
밤은 언제나
가슴에 불을 지핀다
깊어가는 밤
별이 꿈속에서 반짝일 때
닭의 울음소리 들린다
낮과 밤

수없이 흘러가도

그 밤의 눈물은 지워지지 않는데.

〈밤〉

당신을 찾아가는 세월, 어딘가 꽁꽁 숨어버린 술래
도 아닌데 화자는 서산에 해가 걸리고 날이 어두워지자
'밤'이라는 또 다른 세상을 만나 불을 지피면서 이내 깊
어가는 밤에 "별이 꿈속에서 반짝일 때"가 되고 시간은
닭의 울음소리가 들리는 새벽으로까지 이어지게 된다.
그러니까 화자가 작품에서 보인 '당신을 찾아 헤매는
시간'은 새벽에서 아침과 낮 시간을 거치고 어두워지는
또 다른 세상인 밤 시간에 잠자리에 들고 별이 꿈속에
서 반짝일 때까지를 순환의 터울로 잡아 그것이 하루하
루 반복되는 일상성임을 읽어가게 한다.

그래서 화자는 이 같은 일을 두고 "낮과 밤/수없이 흘
러가도"라고 했을 것인데 그래서 밤의 눈물은 지워지
지 않는다고 한 것은 아니었을까. 눈물 마를 새 없이 일
정한 순환적 시간을 반복하는 일이니까 해가 서산에 걸
리도록 '당신'을 찾아 헤맨 시간은 그런대로 지나갔건
만 가슴에 불을 지핀 그리움은 더더욱 간절해졌고 꿈속
에까지 찾아와 반짝이는 별들의 시간에도 아니, 화자는
닭의 울음소리가 들리는 새벽까지도 눈물을 흘리는 시
간을 이어가고 있다. 더러는 꿈이 무슨 의미가 있느냐고
하는 이도 있지만 꿈은 정신의 삶을 반영한다고 하며

부지불식간에 꿈의 심상에 영향을 받는 것 또한 사실이라 하겠다.

우리는 꿈이 아무런 의미를 가지지 않을 것처럼 말하면서도 자신도 모르게 꿈의 심상을 의식의 중심에 투사하는 경우가 많다. 밤 시간은 의식의 활동이 중지되는 시간이며 그 배경에 있던 정신이 전면으로 드러나면서 우리는 그 선명한 현상을 경험하는 것이다.

저승으로 가는 길이 있을까?
하늘은 구름 한 점 없이 맑다
맑고 푸른 하늘
어느 한 모퉁이에
또 다른 세상으로
혼을 보낸다
멀지 않은 곳에서
나를 부르는 당신
당장 뛰어올 것만 같은데
그리움밖에 없다
믿음도 아닌
하늘에 기대는 듯
하늘만 바라본다
사랑도 아닌 사랑같이
보내지도 않은 연기는 하늘에 있다
운명이라면

눈에도 귀에도 없지만

가슴에라도 담아 두어야지

하늘아

누가 내 심정을 읽으랴

눈은 허공에서 놀고 있다.

---

* 매혼埋魂 : 혼백魂魄 또는 신위神位를 묻는다는 뜻

〈매혼埋魂〉

〈매혼埋魂〉을 두고 화자는 "혼백魂魄 또는 신위神位를 묻는다"는 뜻이라고 각주를 빌려 설명을 붙이고 있다. 이 작품은 결말 부분에서 '하늘아'를 호명하면서 화자 자신의 심정을 숨김없이 드러내고 있다. 보다 직설적으로 하늘더러 "누가 내 심정을 읽으랴"면서도 "눈은 허공에서 놀고 있다."고 하였다. 길게 반추할 필요 없이 허공에서 놀고 있는 눈은 어디 한 군데 머물 데가 없는 세상에서 그나마 허공이라도 기댔기 망정이지 그 막막함을 어찌 견뎠을까 싶다.

화자가 부르는 '당신'은 어디선가 당장 뛰어나올 것만 같은 대상이며 그리 '멀지 않은' '또 다른 세상'은 오늘 하루도 손에 잡힐 듯 존재한다고 했다. 그리고 '그리움 밖에 없어서' 그 막막함을 풀어가기 위해 화자가 허공에 묻는 것은 바로 "저승으로 가는 길이 있을까"였다. 하늘은 여전히 구름 한 점 없이 맑은데 화자는 하늘의 어느 모퉁이인가 "또 다른 세상으로" 당신을 떠나보냈다고 했고 이승에서 '당신'을 향해 절규하는 화자에겐 이보다 비통한 일은 없었을 것 같다. "보내지도 않은 연기는 하늘에" 김 서려 그 연기를 열고 당장 뛰쳐나올 것 같은 '당신'의 환상이 뭉게구름처럼 피어오르지는 않았을까.

* "사랑도 아닌 사랑 같이" 당신을 향하다

운명이라고 치부하면 '눈에도 귀에도' 잡힐 리 없다는 것이고 비몽사몽간에도 "사랑도 아닌 사랑 같이" 당신을 향한 그리움의 현상들이 굽이굽이 강물처럼 이어진다고 했다. 그래서 작정하기로 눈에도 귀에도 없는 그 운명 같은 '당신'은 멀지 않는 곳에서 '나'를 연신 부른다 하였다. 그리고 그 같은 당신을 "가슴에라도 담아두어야겠다"고 다짐을 하는 화자를 만나는 것이 우리가 이 작품을 읽는 소이연이기도 하다. 〈매혼埋魂〉이라는 제목이 말하듯 또 다른 세상의 어느 모퉁이에선가 '나를 부르는 당신'을 화자는 허공에서 놀고 있는 눈을 거두고 가슴에라도 담아두겠다는 다짐에 이르고 있다.

> 이틀 낮과 하루 밤 동안 내리는
> 비가 그쳤습니다
> 온종일 구름 속에 있었기에

둘 다 길을 잃어버렸습니다

끝도 없는 하얀 종이

편지의 행간을

왔다 갔다 할 뿐입니다

당신의 숨결을 느끼면서

햇빛 화창한 날 산보를 합니다

나의 눈에는 보이지 않는 것이 많습니다

하루살이가 빛 주위를 맴돌기만 합니다

오로지 그리움만이 진실입니다

당신이 있는 곳이 내가 있는 곳입니다.

〈편지〉

무엇인가를 살펴서 결국은 자신이 닿고 말겠다는 다짐 뒤에 찾아온 깨달음을 '돈오'라고 한다. 작품 〈편지〉를 읽으면서 필자는 문득 그리움을 향한 그 같은 깨달음이 번져왔다. 그게 바로 "오로지 그리움만이 진실"이고 "당신이 있는 곳이 내가 있는 곳"이라는 슬프지만 바꿀 수 없는 사실 앞에 이 같은 느낌에 다다른 것이다. 화자가 〈편지〉에 담아내기 위해 시작한 이야기의 시간은 지루하게도 "이틀 낮과 하루 밤 동안 내리는/비가 그쳤다"고 했다.

그리고 이는 사실에 기초하면서도 더 큰 은유를 의도하고 있었다는 생각이다. 작품 속의 이야기가 열리면서 화자는 지금 '당신'과 온종일 함께 있었고 위치한 곳은

'구름 속'이며 두 사람 모두 길을 잃어버렸다고 했다. 길을 잃은 연유를 세밀하게 살필 수는 없겠지만 작품에서 읽어낸 사실은 분명하게도 두 사람 모두 길을 잃어버렸다는 것이다. 사연이 펼쳐지는 자리는 '하얀 종이'였을 것이고 무엇을 쓸 것인가를 요량하면서 "편지의 행간을/왔다 갔다 할 뿐"이라는 것이었다.

내리던 비는 그쳤으므로 맑은 햇빛을 받으며 '당신의 숨결을 느끼'기 위해 둘이서 거닐던 길을 산보하고 있었던 것이다. 그런 때문인지 새롭지 않은 곳이 없고 간절하지 않는 곳이 없어서 온통 뭉게구름 같은 그리움으로 범벅이 된 채 걷고 있는 화자는 그럼에도 하염없이 외로운 모습을 하고 있다. 더 많이 보려고 해도 보이지 않는다고 말하는 화자는 "하루살이가 빛 주위를 맴"도는 밤 시간까지 이 일을 계속하고 있다는 사실을 보여주기에 이른다.

거기에서 '오로지 그리움만이 진실'이라는 것과 "당신이 있는 곳이 내가 있는 곳"이라는 아포리즘적 표현은 강한 자기 긍정과 확신이 절로 읽히는 대목이라 하겠다. 필자는 이 작품을 읽으면서 지금은 떠났지만 영원히 떠난 것이 아니라는 함유된 표현 앞에서, 갔지마는 보내지 아니하였고 떠날 때에 다시 만날 것을 믿는다는 만해 한용운 시인의 〈님의 침묵〉의 한 대목이 연상되는 반어법적 긍정까지를 읽어낼 수 있었다.

동산으로 해가 뜨면

서산으로 해가 진다

일출 일몰이

변하지 않듯이

태어나서 늙는 것을

배우고 익히느냐?

삶이 무엇인지

아는 채

죽어가는 줄도

모르는 삶

가까이 있음에도

멀리 보이는 것처럼

삶은 그저 시냇물처럼

흘러갈 뿐.

〈삶〉

　'삶'은 더도 덜도 말고 사람이 '사는 일'을 이르는 말이다. '삶'을 화두로 끌어내면 그 즉시 철학적 명제가 된다. 그 같은 선상에서 삶을 가장 정직하게 규정한 말이 "동산으로 해가 뜨면/서산으로 해가 진다."가 아니었을까. 자연현상으로 만나는 '일출, 일몰'이 이 같은 이치를 바꿀 리 없겠다. 그런가 하면 태어나서 늙고 병들고 죽는 인간의 생로병사는 절로 체험하거나 아는 것이지 배

워서 아는 사람은 없었을 것이다. 용을 본 사람은 없지만 용을 그리지 못하는 화가가 없듯이 逆으로 살아가고 있으면서 '삶'에 대한 질문에 명쾌한 답변을 내놓는 사람 또한 그리 쉬울 것 같지가 않다 그만큼 '삶'이라는 말의 추상성이 애매한 명제로 바뀌는 때문이다.

'사랑'을 하면서도 사랑을 물으면 그에 따른 답변을 선뜻 내놓기 어려운 이유와 마찬가지다. 그런데 작품 속의 화자는 규정짓기 어려운 '삶'을 작품을 통해 선명하게 끌어냈다는 생각이다. 사실 우리가 생각하는 일차적 의미인 '삶'이란 한마디로 말하면 '밥 먹으면 배부르다'가 맞다.

*"술향기 이불 속을 찾아들 때"

동산에서 뜬 해가 서산으로 해가 지는 이치는 그 자체로 자연이고 우리가 살아가는 정직한 현실로 이어진다. 마찬가지로 일출과 일몰이 바뀌면서 해양의 질서도 바뀌고 동일선상에서 나고 늙고 병들고 죽는 일을 사람이면 누구나 겪는 네 가지 고통이라 하지만 이것 또한 인간의 숨길 수 없는 삶이라는 진리이다. 인간의 하루하루 시간 보내기는 그 자체로는 '죽음'이라는 종착지에 조금씩 다가가는 일이라는 말들을 한다.

그것들이 대상과 각자의 그림자처럼 밀착되어 있음에도 멀리 있거나 상관성이 없는 것처럼 아예 무관심하게 살아간다. 그러는 가운데 미지의 종착지를 향하여 흘러가는 '시냇물' 같은 현상이 우리가 그토록 규정짓기 어렵다던 '삶'이라는 명제의 대입이라면 작품 〈삶〉은 화자가 생각하는 주제적 명제를 떠받친 한 편의 작품으로 이해될 수 있을 것이다.

미숭산 자락이 담홍색으로 물들어 갑니다
때가 되면
나도 꽃 진 자리 하나 내어놓아야겠지요
노랗게 모과가 익어가듯이
우리도 익어갑니다
미숭산에서
그때 우리의 사랑을
태우려면 태웠겠지요
오늘도 해가 넘어갑니다
오두막집에
모닥불 타오르는 소리가
아이 웃음같이 들립니다
달빛 내리는 길
인연도 여기까지
밤은 깊어
솔 향기 이불 속을 찾아들 때
찬바람이 가랑잎을 쓸고 갑니다.

〈미숭산〉

〈미승산〉은 두 말이 필요 없이 김용태 시인의 시적 서정성이 크게 돋보이는 작품이다. '때가 되면' '담홍색으로 물들어가는' 미승산 자락이 시간개념으로 바뀌면서 화자가 말하는 '꽃 진 자리'로 환치되고 파생된 여러 의미를 헤아리게 한다. 꽃 진 자리는 '꽃이 피었다가 지고 난' 자리라는 의미인데 그 이후는 열매 맺는 단계로 옮겨가는 것이 상식이 아니겠는가.

그도 그럴 것이 노랗게 익어가는 모과를 내보이면서 '우리도' 그 같이 익어간다는 사실을 말해준다고 하겠다. 모과가 그처럼 익어가는 시간에 "우리의 사랑을/태우려면 태웠겠다"는 상상에서도 문득 지고 있는 해에게 눈길을 주고 있는 화자가 느껴진다. 이윽고 밤이 되고 "오두막집에/모닥불 타오르는 소리가/아이 웃음 같이 들린다"는 연상은 뛰어난 비유에 해당한다고 하겠다. '달빛 내리는 길'을 걸으며 우리의 인연도 여기까지임을 말하는 화자의 고백에는 일종의 결연함 같은 것을 읽을 수 있다.

도리 없이 깊어가는 밤을 마주하면서 "솔향기 이불 속을 찾아들 때/찬바람이 가랑잎을 쓸고간다"는 마무리에 이르면 당신과의 안온하고 사랑스러웠던 시간이 가고 지금은 혼자가 되어 가랑잎 쓸고 가는 찬바람의 시간을 느끼게 하고 그럼에도 우리는 김용태 시인이 보인 또 하나의 절창을 읽을 수 있다. 미승산에 이어진 당신을 향한 그리움의 시간들을 이처럼 질 고운 한 편의 서

정시로 표현한 것이 김용태 시인의 시적 도저함이라 하
겠고 미만한 언어적 변화 또한 추스를만한 시적 성과로
만나게 된다.

> 너를 닮은 나
> 눈물이 난다
> 울지 않으려고 했는데
> 어느 한 곳 성한 곳이 없다
> 주저앉아
> 힘겨운 시간들을 내려놓을 때
> 노을은 땅거미를 타고
> 곁에 와서 눕는다
> 세찬 바람에도
> 눈비를 맞아 왔다
> 내 생애의 습기와
> 존재 이유
> 노거수의 휘어진 가지와
> 옹이진 둥치처럼
> 나는 조각되었다
> 삶의 세월을
> 조형물로 조각한 주름진 얼굴
> 따뜻한 차 한 잔 생각이 난다.

〈노거수〉

사람의 나이와 나무의 나이는 어떤 차이가 나는 것일까. 우리네 대자연 중에 가장 사람을 많이 닮은 사물을 꼽으라 면 그것은 다름 아닌 나무가 아니겠는가 싶다. 작품은 시작부분에서 "너를 닮은 나/눈물이 난다"고 했다. 여기에서 '너'란 두 말이 필요 없이 '나무'일 것인데 어떤 상황이 오더라도 '울지 않으려'는 화자의 다짐과 함께 어디 '한 곳 성한 곳이 없다'는 말은 자못 울림이 큰 말이 아닐 수 없다.

'힘겨운 시간들을 내려놓을 때/노을은 땅거미를 타고/곁에 와서 눕는다'고 했다. "세찬 바람에도/눈비를 맞아"가며 보낸 세월이기에 '내 생애'의 존재 이유가 되었음을 "노거수의 휘어진 가지와/옹이진 둥치처럼/나는 조각되었다"고 했을 것이다. 그러면서 독자를 향해 '삶의 세월'이란 게 이런 것이라는 사실을 새삼 음미하게 한다. 접어든 마무리에서 "조형물로 조각한 주름진 얼굴"에다 "따뜻한 차 한 잔의 생각"이라니 이 얼마나 인간적인가.

* "만장을 앞세우고" '한 생을 메고' 가는 상여

수령이 많고 덩치가 큰 나무를 노거수라 하는바 위의 작품처럼 '너'라는 대상이 '나'라는 즉자와 대비되고 살아온 세월이 많다보니 그것 그대로 어느 한 곳 성한 곳이 없을 만큼의 풍우가 지나가고 사람들이 매달린 결과

이 같은 흉터투성이가 되었을 것이다. 그리고 그것은 바로 화자 자신의 삶이라는 생각으로 이어진다.

> 한 생을 메고 간다
> 만장을 앞세우고
> 소복 입은 여인
> 눈물마저 잃었다
> 가는 길
> 산허리에
> 진달래
> 꽃 점 달아
> 선홍 피를 토해낸다
> 생채기를 내어 가며
> 눈물 흘리고
> 꽃망울 붉게 물들인다
> 삼우三虞 날
> 당신은
> 꽃 진 자리에
> 동박새 울고 있다.

〈상여〉

작품 〈상여〉를 읽으면서 김용태 시인이 표현한 '꽃 진 자리'의 의미를 상기할 필요가 있다. 사람의 생사란 하늘과 땅만큼이나 분명한 것인데 이승의 여러 인연의 시간들을 떠올리면 그 같은 일들이 슬픔으로 이어진 "만장을 앞세우고" '한 생을 메고' 가는 상여를 따르는 행렬로 모아지면서 유독 소복 입은 여인들이 눈에 띄고 눈물마저 잃을 만큼의 슬픔으로 이어진다. 때가 마침 산허리에 허리띠처럼 가는 길이 보이고 그 길을 따라 가는 상여행렬에 배경처럼 "꽃 점 달아/선홍 피를 토해낸" 진달래 무리가 유난히도 눈길을 끌며 웅숭깊게 피어있다.

그 진달래를 두고 이르는 표현이랄까 "생채기를 내어 가며" 꽃망울 붉게 흘린 눈물로 산천 풍경이 유난히도 애닲게 다가온다. 사자의 매장 이후 삼우가 되고 저승길에 들지 못한 사자가 꽃 진 자리에서 "동박새"처럼 울고 있다는 표현엔 왠지 모를 슬픔이 어리고 이승과 저승이 여실한 애수를 읽을 수 있다. 작품상으로도 상여의 시적 스토리가 자연경관이나 인간생전의 의미까지를 담아내는 도구여서 이에 따른 의미적 확대를 생각지 않을 수 없었다.

'상여'의 사전적 의미는 "사람의 시체를 실어서 묘지까지 나르는 도구"라고 설명하고 있다. 그런데 이 같은 상여에는 네 가지의 상징물이 새겨져 있다. 예컨대 연꽃, 천도복숭아, 용, 새 등이 그들인데 이들의 의도된 의미는 지상에서 누리지 못한 것을 천상에서는 걸림없이 누리라는 의미가 있다. 그것이 바로 연꽃처럼 화려한 꽃밭을 소유하라는 것이고 천도복숭아로 상징되는 배 고프지 않는 세상을 살아가면서 '용'으로 형상된 이승과 다른 물

의 세상에서 '새'처럼 광활하면서도 막힘이 없는 세상을
더 큰 자유로 마음껏 날으라는 소망을 담고 있다.

　이유 여하를 떠나 작품 〈상여〉에서 접할 수 있었던 꽃
진 자리에서의 '당신'이 동박새로 울고 있다는 정서적
처연함 또한 쉽게 지울 수 없는 인상으로 남는다.

　　거울에 비친 얼굴
　　삶의 흔적이다
　　분명한 흔적이지만
　　아픔은 지우고
　　다시 그리고 싶다

　　얼굴에
　　나를 남긴다
　　내 붓으로 그린다
　　세월도 그린다

　　하늘에 구름은
　　자연을 그리는데
　　내 얼굴에
　　세월은 주름만 그리네

　　어김없이 하루는
　　자연을 그리고 얼굴을 그린다.

〈얼굴〉

사십 이후의 '얼굴'은 자신이 책임지라는 말이 있다. 그만큼 나이가 들어가면 사람들은 자신의 모습을 자신의 책임으로 다듬어가라는 의미일 것이다. 이 작품의 시작에서 읽었던 "얼굴에/나를 남긴다."는 말이나 남겨진 세월과 함께 나를 붓으로 그린다는 등의 표현은 세월과 '나' 또한 함께 간다는 의미일 수 있겠다.

　그러면서 "하늘의 구름은/자연을 그리는데/내 얼굴에/세월은 주름살만 그린다"는 부분에 오면 김용태 시인의 시 〈얼굴〉은 일정부분 미국의 시인 사뮤엘 울만의 시 〈청춘〉이 연상되기도 한다. 그에 이르되 '청춘'은 "인생의 어느 시기를 말하는 것이 아니고 마음의 상태를 말한다."고 했고 "세월은 우리들의 이마에 주름살을 만들지만 열정의 마음은 시들게 하지 못한다."라고 노래하면서 청춘의 의미를 세월의 흐름과 무관하게 고양시키고 있다. 하루하루가 모여서 한 사람의 생애가 만들어지는 것보다 자연스러운 일은 없을 것이다. 그것을 일러 화자는 "어김없이 하루는/자연을 그리고 얼굴을 그린다."고 했을 것이다.

　김용태 시인이 생각하는 '얼굴'의 시적 오지랖이 세월의 의미와 결부되면서 삶이 보여준 분명한 흔적으로서의 아픔은 지우고 '나'를 남기고 간 부분만을 그린다는 의도성에 모아지는 것을 볼 수 있다.

파르르 승무하는 너
꿀벌은 주인을 잃으면
하얀 띠 두른다던데
너도 주인을 잃었느냐?
청록의 뿌리만큼이나
녹색을 머금은 꽃봉오리
향을 피우며 살포시 웃는다
까다로운 생육의 조건을
정으로 일구던 사랑
바람 되어 날아갔다
너에게
눈 맞추고
향에 눈감으며
소 웃음 웃던 행복한 모습은
바람으로 갔는데
너는
올해도
긴 수염에 순백의 꽃잎 달고
나비처럼 피었다
세월도
긴 나뭇가지 사이로
한 점 구름으로 지나간다.

〈풍란〉

평설의 마지막에 〈풍란〉을 읽었다. '풍란'은 난초과의 여러 해 살이 늘푸른 풀로 6~7월에 흰색 또는 노란색 꽃이 잎겨드랑이에서 나온 뒤 열매는 긴 꽃대 끝에 맺히는 삭과이며 10월에 익는다고 하였다. 김용태 시인은 〈풍란〉을 두고 단도직입적으로 '파르르 승무하는 너'라고 하였다. 그러면서 꿀벌은 주인을 잃으면 하얀 띠를 두르는데 풍란 또한 그처럼 하얀 띠를 둘렀느냐는 질문을 던지고 있다.

* "순백의 꽃잎 달고 나비처럼 피었다"

그리 보면 풍란은 뿌리만 청록이 아니라 꽃봉오리 또한 녹색 계열로 개화하는 것을 볼 수 있다. 그 곁에서 향을 피우며 살포시 웃는다는 화자에게 까다로운 생육의 조건을 맞추면서도 정성껏 '사랑'을 베푸는 모습을 "정으로 일구던 사랑"이라 하였고 그것을 두고 바람 되어 날아갔다고 했다. 모르긴 해도 이는 짙은 난향을 그리 표현한 것으로 여겨진다. 난을 사랑한다는 것을 "너에게/눈 맞추고/향에 눈감는다"는 의미라고 했다. 그런 다음 소 웃음을 웃는 행복한 모습 또한 바람으로 갔다는 표현에 이르면 흩어지는 난향의 삽상함이 눈앞에 어른거리는 것을 장면처럼 느낄 수 있다. 화자의 '풍란 사랑'은 올해도 여전하여 "긴 수염에 순백의 꽃잎 달고/나비처럼 피었다"고 할 만큼 장히 감각적이라 하겠다. 긴 수

염에 순백의 꽃잎을 달고 나비처럼 피어난 풍란의 모습은 생각만으로도 조요롭기가 그지없다. 추상명사인 '세월'을 두고 '긴 나뭇가지 사이로' 지나가는 한 점 구름으로 표현한 부분도 절창이 마땅하고 '풍란'에 걸어 올해도 긴 수염에 순백의 꽃잎을 달고 나비처럼 날고 있는 풍란 곁에서 화자 또한 긴 나뭇가지 사이로 지나가는 한 점 구름 같은 '세월'의 모습을 하고 있다.

한 권의 시집에서 만날 수 있는 시인의 표정과 생각은 짚어가는 것마다 천차만별의 모습을 보이는 것이 보통이다. 자신이 창조한 언어 속에 녹아든 질감의 의미역意味域이 유채색이냐 무채색이냐에 따라 사람들의 정신성에 희로애락을 불어넣기도 하고 감동 주입의 통로가 되기도 한다. 특히나 드러내고 싶은 그리움과 기다림의 대상이 누구냐에 따라 느낌의 진폭은 사뭇 달라질 수밖에 없다.

김용태 시인, 그가 우리에게 보인 시적 보폭에는 인간애를 향한 교감과 동화, 갈증, 애환, 정한 등의 언어와도 동일 의미로 읽을 것들이 많았다. 사물과의 소통에는 교감을 전제한 언어적 서정성이 그 출발점이라 하겠고 그럴 때마다 시인의 언어가 위치하는 곳은 사물을 향한 새로움을 특이함으로 치환하는 지점이었다. 김용태 시인의 문학적 일상은 "시의 감각을 찾아가는" 일의 연속이었고 "더러는 역사에 회자되는 시대정신"에다 자신의 시적 생명력을 불어넣는 것을 읽을 수 있었다. 그리 보면 한 편의 시가 태어나는 일은 '출산의 고통'에 비견할 만큼 성스러운 것이 마땅하고 이를 견디고 순응하는 일이 자연과, 생명과, 진리에 준하는 일임을 강조해 둔다.

문학은 한마디로 제반 주제의 감각적 형상화라 할 수 있고 시를 빚고 구성하는 언어적 단초는 하나의 추상적 기호일 뿐임에 유의할 필요기 있다. 그래서 언어, 그 자체로는 실감의 세계를 그려낼 수가 없다. 그런 때문에 사물을 통한 감각화의 과정을 거쳐야 하는 것이 그것이다. 소리로 사물을 청각화하거나 색채로 사물을 형상화하는 자리에서 그에 따른 동작과 율동으로 메시지를 드러내는 연극이나 무용 등은 감각적 효과를 나름의 차원에서 비상하게 도모하곤 한다. 그런 의미에서 형상화나 감각화는 동일 의미로 읽어도 무방할 것이며 사물의 청각적, 시각적 형상화는 시작품의 성공과 언어적 감각화를 위한 절대적 요항이기도 하다.

시인이 자신의 시작품을 독자적인 생명체로 끌어가기 위한 사물의 형상화에는 언어의 감각성을 접목하고 삶의 메시지를 담아내는 데까지 나아가는 것이다. 사물의 의미화는 시작품을 언어적 형상화 내지는 감각화로 한 차원 높이는 일이고 언어가 밀도나 표현 면에서 두루 성공해야 하는 이유이기도 하다. 감각을 통한 삶의 메시지를 이야기의 형태로 읽어낼 때 그에 따른 내재된 감동이 시인의 언어라 할 것이며 시인에게 제2의 창조주라는 칭예가 주어지는 이유이기도 하다.

 *『노랑나비』이후의 작품집 더 큰 감동이길

그런 면에서 김용태 시인은 이번 시집 『노랑나비』에
서 사물을 통한 감각화와 언어적 형상화의 탁월함을 읽
을 수 있었다. 그 같은 연유로 다음 시집을 향한 김용태
시인의 사유가 또 어떤 창조성과 독창성을 이루어낼 것
인지가 자못 궁금해진다. 그 궁금증을 기다림으로 바꾸
면서 독자들의 사랑 속에 읽힐 더 많은 감동을 응원하
는 바이다.

김 종 ─────────────────────────────

· 1976년 중앙일보 신춘문예 시 당선
· 신동아미술제대상 및 작품개인전 광주, 서울, 부산, 대구, 대전, 전주, 과천 등
  14회
· 광주문인협회장, 1996년 「문학의 해」 광주광역시조직위원장
· 「KBC광주방송」 시청자위원 및 이사, 광주문화재단 초대이사, 언론중재 위원 등
· 현) 월간 《우리문화》 편집고문, 《광주문학》 편집고문, 《시와사람》 편집인 등
· 현) 시인, 화가. 서예가
· 시집 『장미원』, 『밀불』, 『배중손 생각』, 『그대에게 가는 연습』, 『간절한 대륙』,
  『독도 우체통』, 『물의 나라에서 보낸 하루』 등 13권

김용태 시집

노랑나비

초판 인쇄 2024년 9월 20일
초판 발행 2024년 9월 30일

지 은 이 | 김용태
펴 낸 이 | 노용제
펴 낸 곳 | 문학秀출판
출판등록 | 제2021-000050호.(2021. 4. 15)
주   소 | 04558 서울시 중구 창경궁로1길 29 (3F)
전   화 | 02)2272-8807
팩   스 | 02)2277-1350
이 메 일 | rossjw@hanmail.net
홈페이지 | www.je-books.com

ISBN 979-11-978432-5-9 (03810)
값 12,000원